Der von ausgedehnten Reisen auf das Gut im Baltischen zurückgekehrte Baron fühlt sich in dem von seiner stillen Frau stilvoll dominierten Schloß als unruhiger Eindringling an den Rand gedrängt. Bald lehnt er sich auf, und es geschieht »etwas, von dem der Tag mit seiner hübschen Ordnung nichts verriet«...

Mit klarer Stimme legt Eduard von Keyserlings stimmungsvolle Novelle Zeugnis ab von einer vergangenen Welt. Der baltische, später in München ansässige Erzähler (1855-1918) gilt als der bedeutendste Vertreter des literarischen Impressionismus in Deutschland. Im insel taschenbuch ist außerdem erschienen: *Schwüle Tage*. Zwei Novellen (it 1726) insel taschenbuch 2410

Eduard von Keyserling

Harmonie

Eduard von Keyserling

Harmonie

Novelle

Insel Verlag

insel taschenbuch 2410
Erste Auflage 2001
Insel Verlag Frankfurt am Main und Leipzig 2001

Hinweise zu dieser Ausgabe am Schluß des Bandes
Vertrieb durch den Suhrkamp Taschenbuch Verlag
Umschlag nach Entwürfen von Willy Fleckhaus
Druck: Friedrich Pustet, Regensburg
Printed in Germany

1 2 3 4 5 6 – 06 05 04 03 02 01

Harmonie

Die Station war zwei Stunden von dem Schloß entfernt. Als Felix von Bassenow sich dort in seinen Wagen setzte, war die Sonne im Untergehn. Felix drückte sich behaglich in die Wagenecke und zog die Reisedecke über die Knie hinauf. Die nordische Frühlingsluft fühlt sich ein wenig scharf an, wenn man von dort unten aus der Sonne kommt: »Sieh – sieh!« dachte er, »hier sind ja auch Farben!« Die Wolken am letzten Abend in Amalfi waren nicht blanker gewesen, als er auf der Hotelterrasse stand und die kleine Engländerin neben ihm immer wieder: O – luck – luck sagte und ihn mit ihren seltsam wassergrünen Augen ansah, als meinte sie nicht den Himmel, sondern sich selbst. Aber beruhigter war es hier, und der Duft! Teufel! Man wagte kaum seine Zigarre anzustecken.

Der Wagen fuhr durch Felder hin. Ebnes,

grellgrünes Land, über das seidige, blaue Schatten hinschillerten. Leute kamen von der Arbeit. Sie mochten Gerste gesät haben. Langsam ging einer hinter dem andern her, graue Gestalten, denen das Abendlicht die Gesichter rot malte. Weiber standen am Wege in ihren farbigen Kamisolen, sehr bunt und schwer in all dem Grün. Sie schützten die Augen mit der Hand und schauten dem Wagen mit einem starren Lächeln nach.

Felix freute sich, das wiederzusehen. Aber es war unterhaltend, – wenn er die Augen schloß, war all das fort und ganz andere Bilder drängten heran, Stücke von Bildern, kleine, grelle Visionen, die nicht zur Ruhe kommen konnten, wie wirr durcheinanderfuhren, wie aufgescheucht. Immer viel tiefes Blau, gewaltsames Licht über großen, starren Linien. Ein roter Blütenzweig auf dem gelblichen Atlas einer Felswand. Die Berührung eines Frauenkörpers, einer Haut, in die es sich wie Bernstein mischte. Der leidenschaftliche Mißton eines Kamelgeschreies in der Stille einer ganz blauen Nacht.

Wenn er dann wieder die Lider aufschlug, erschien das grüne Land, über das rote Lichter hinstrichen, in seiner Stille und Kühle fremd und unwahrscheinlich. Er mußte darüber lächeln, wie all diese Bilder in ihm stritten, um für ihn wirklich zu sein.

Die Abendlichter verblaßten. Der Weg führte jetzt durch den Wald. Unter den Bäumen war es finster. Hier und da leuchtete ein weißer Birkenstamm aus dem Schwarz des Nadelholzes, darüber wurde der Himmel farblos und glasig. Die bleiche Dämmerung der Frühlingsnacht sank auf die dunklen Wipfel nieder. Es war sehr ruhevoll. Dennoch schien es, als kämen sie im Walde, in dieser Luft, die erregend voll der bitteren Düfte von Knospen und Blättern hing, nicht recht zur Ruhe: ein Flügelrauschen, der verschlafne Lockton eines Vogels. Heimlich knisterte und flüsterte es im Dunkeln. Sehr hoch im weißen Himmel erklang noch das gespenstische Lachen einer Bekassine, und plötzlich begannen zwei Käuze einander zu rufen, leidenschaftlich und klagend.

Etwas wie heimliche Brunst atmete all das aus. Die beiden blonden Burschen auf dem Kutschbock, die abstehenden Ohren sehr rot unter den Tressenmützen, fingen an miteinander zu flüstern und zu kichern. Weit fort hinter dem Walde begann ein Mann zu singen, eine eintönige Notenfolge, ein langgezogenes, einsames Rufen.

Felix saß regungslos da. Die Lippen halb geöffnet, atmete er tief. Alles Fremde war fort. Er war zu Hause. Bei jeder Biegung der Straße wußte er, was nun kommen würde, und nun wußte er auch, daß er sich danach gesehnt hatte. Er hatte es satt, durch die Welt zu fahren, nur ein Gefäß für fremde Eindrücke, immer sich mit Schönheiten füttern zu lassen, die ihn nichts angingen, immer nur das zu haben, was alle andern auch hatten, nie die Hauptperson zu sein. Er wollte wieder Arbeit, Verantwortlichkeit – Befehlen, wieder Herr – etwas wie der liebe Gott sein, wollte es spüren, wie seine laute Stimme den großen, blonden Bauernjungen in die Glieder fährt.

Auf einer Waldlichtung stand der Waldkrug. Durch die kleinen Fensterscheiben schielte etwas unreines, rötliches Licht in die Mainacht hinaus. Die Krugsleute saßen vor dem Hause auf einer Bank, die Hände flach auf die Knie gelegt. Im Garten blühte der Faulbaum. Sein gewaltsamer Duft benahm fast den Atem.

Der Wagen hielt vor dem Krug. Hier sollten die Pferde sich verschnaufen. Der Kutscher und der Diener bekamen Bier. Das war alte Gerechtigkeit.

Die Wirtin brachte das Bier. Sie stand wartend neben dem Wagen, eine junge Frau, groß wie ein Mann. Sie legte die Hände flach auf ihren mächtigen, gesegneten Leib und schaute aus den blauen Augen Felix schläfrig und unverwandt an, als sei er eine Sache.

Der Wirt trat heran, im roten Gesicht viel blondes Bartgestrüpp. Er begrüßte den Herrn und berichtete. Ja, er hatte die Tochter des früheren Krügers geheiratet. Der Alte war gestorben. Die Mutter lebte noch, aber war zu nichts mehr nutze. Das Land war schlecht. Rehe kamen heraus und taten den Feldern Schaden. Was konnte man machen!

Zerstreut hörte Felix der knarrend forterzählenden Stimme zu und schaute dabei zu der hohen Werfschaukel hinüber, die neben dem Kruge aufragte. Auf dem schmalen Brett standen ein Mädchen und ein Bursche, Brust an Brust und schaukelten. Immer wieder flogen die beiden schwarzen Figürchen in den dämmerigen Himmel hinauf und fielen immer wieder in den Schatten zurück, rastlos und schweigend.

Als Felix weiter fuhr, wollte er an dieses Bild denken, das beruhigte und machte ein wenig schläfrig, allein jetzt kamen andere Gedanken, Gedanken, die die ganze Zeit über da in ihm gewartet hatten, daß sie an die Reihe kamen.

Solche Frühlingstage waren es gewesen, als er vor zwei Jahren seine junge Ehe begann. Die Ehe hatte er sich immer hübsch gedacht, aber er hatte es nicht gewußt, daß sie so unterhaltend sein konnte. Es war zu merkwürdig, dieses kleine Mädchen mit dem schmalen, geistreichen Gesicht immer bei sich zu haben, zuzusehn, wie selbstherrlich dieses halbe Kind das Leben für sich zurecht bog, alles ruhig fortschob, was ihm nicht recht war, genau wußte, wie es das Leben wollte: »Nein, ich danke, das ist nicht für mich.« Damit tat Annemarie alles ab, was nicht zu ihr stimmte. Der echte, letzte Sproß einer Rasse, die immer davon überzeugt gewesen war, daß für sie die Auslese des Lebens bestimmt sei. Annemariens Vater, die Exzellenz, hätte auch um keinen Preis einen Wein getrunken, der ein wenig nach dem Korken schmeckte, und ihm schmeckte ein Wein sehr leicht nach dem Korken. Auch von ihm, ihrem Mann, konnte Annemarie nur eine Auslese gebrauchen, sie sah das, was ihr an ihm gefiel, das andere wies sie ab mit dem leichten, ein wenig grausamen Zucken der Lippen, das er fürchtete. Gott! er hatte sich oft höllisch zusammennehmen müssen, um so zu sein, wie sie ihn sah.

Zwischen den hohen Föhren war es dunkel und feierlich still. In dieser Dunkelheit sah er Annemarie so deutlich wie eine Vision, das weiße Körperchen mit den abfallenden Schultern, den feinen Gelenken, den kleinen, spitzen Brüsten, diese Haut, die bleich und glatt war wie Blätter von Blumen, die im Schatten blühn.

Aus Bildern hatte er sich nie viel gemacht. Man steht einen Augenblick davor und dann ist es gut. Aber in Rom, in einer Galerie, war da ein Bild gewesen, zu dem er öfters gegangen war. Da saß auch solch ein kleines, schmales Mädchen, eine Danae, stand im Katalog, auf einem blauen Lager, und das hatte auch den kühlen Perlmutterglanz auf den schmächtigen Gliedern, und das nahm die Liebe des Gottes mit einer vornehmen Selbstverständlichkeit hin, wie etwas Hübsches, das ihm zukäme. Vor diesem Bilde hatte er an Annemarie gedacht.

Zwischen den schwarzen Wänden der Föhren schien es wärmer. Der Frühling duftete hier schwüler. Felix' Lippen wurden heiß, in seinem Blute fieberte wieder das köstliche Gefühl, das ihn ergriff, wenn er

Annemarie in die Arme nahm – das Gefühl, etwas sehr Erregendes und Kostbares zu halten.

– Aber, da war ja das Andere, das Schreckliche gekommen, das Kind und der Tod des Kindes und diese grausame Krankheit. Annemarie kauerte auf ihrem Bette, die Augen angstvoll weit aufgerissen, und horchte hinaus und hörte Dinge, die sie schreckten, vor denen sie geschützt sein wollte und er wußte nicht wie. Oder sie saß stundenlang teilnahmslos da und spielte mit kleinen, weißen, blanken Sachen, Perlmutterdöschen und Messerchen, die Sachen konnten nicht weiß und blank genug sein. Sie wurde in ein Nervensanatorium gebracht und Felix ging auf Reisen. Es war vielleicht herzlos, daß er reiste, aber er wollte von diesem Mitleid loskommen, das wie eine Krankheit an ihm zehrte. Selbst einen Schmerz ertragen, das ging, aber gegen Mitleid konnte er sich nicht wehren.

Jetzt war Annemarie gesund. Frau von Malten, ihre alte Freundin und Gesellschafterin, hatte geschrieben: »Sie ist ganz wieder unser lieber Engel wie sonst. Ein wenig zart und reizbar, aber wie gern schützen wir sie vor allem, was sie verletzen könnte.«

Die Lichter des Schlosses schimmerten schon durch die Parkbäume. Der frisch gestreute Kies knirschte angenehm unter den Rädern. Über der Haustür des Schlosses hing ein Transparent, auf dem »Willkommen« stand, und im Dunkel bewegten sich Gestalten und sangen einen Choral. Felix freute sich darüber. Ein angenehmes Herrengefühl kitzelte ihm das Herz.

Frau von Malten, in ihrem schwarzen Schleppkleide, das schwarze Spitzentuch um das scharfe, gelbe Gesicht, stand im weißen Türrahmen des Speisesaals und begrüßte Felix mit ihrer diskreten, ein wenig traurigen Stimme: »Willkommen! Gott segne Sie.« Hinter ihr war der Saal ganz hell. Die Goldborten flimmerten im weißen Getäfel.

»Und Annemarie?« fragte er.

»Annemarie schläft schon,« berichtete die diskrete Stimme, »sie darf noch nicht so lange aufbleiben. O! es geht ihr gut. Gott sei Dank!«

»– So – so.«

Während er auf das Essen wartete, ging Felix in der Zimmerflucht immer auf und ab. Überall war viel Licht und weiße Spitzenvorhänge. Es duftete nach Hyazinthen und Tazetten. Auf allen Tischen standen Schalen mit Frühlingsblumen. Und all das stand und wartete auf ihn. In einer Fensternische regte sich etwas. Da lehnte ein Mädchen, das ihn mit runden, grellblanken Augen neugierig ansah. Schweres, schwarzes Haar um ein erhitztes, bräunliches Gesicht, das gewaltsam errötete. Ein rotes Kleid, in dem sich volle Glieder ungeduldig regten.

»Ah,« sagte Felix, »Sie sind wohl Mila – Mila, Frau von Maltens Pflegetochter?«

Mila verbeugte sich hastig.

»Ja – ja! ich weiß,« fuhr Felix fort, »Sie sind die, welche die angenehme Stimme hat. Meine Frau schrieb mir davon. Sie lesen ihr vor. Ach! sprechen Sie etwas, damit ich die angenehme Stimme höre.« Mila lachte und legte dabei den Handrücken auf den Mund wie ein Dorfkind. »So – so,« meinte Felix und ging wieder auf und ab. Das war auch gut, daß dieses Mädchen in der Fensternische ihm zuschaute. Er rieb sich vergnügt sachte die Hände, ging elastisch, ließ das Parkett unter seinen Schritten knacken. Ihm war ordentlich feierlich zumute.

Während des Essens saß Frau von Malten bei ihm und unterhielt ihn: »Neapel, ach ja! das mußte schön sein, das würde Annemarie gut tun: Sie hat viel Licht nötig. So war das Getäfel hier ihr zu dunkel, es mußte weiß sein. Ich schrieb Ihnen davon. Der alte Heinrich? Ach, der wurde entlassen. Die Augen wurden ihm rot und tränten ihm zuweilen, Annemarie mochte das nicht. O! er ist sehr glücklich. Er wohnt in dem Häuschen hinter dem Park. Meine Mila haben Sie gesehn? Ja, ein gutes Kind. Sie hat eine angenehme Stimme. Sie ist noch zuweilen etwas laut, das fällt Annemarie auf die Nerven. Gott! man möchte die ganze Welt für sie wattieren.« Frau von Malten zog die Augenbrauen ein wenig hinauf und sah Felix mit ihren trüben, grauen Augen ernst an. Ja, Felix kannte das, hinter den Elegien der guten Malten steckte immer eine Lehre. Sie betrachtete Annemarie wie eine Kirche, und sie war der Küster, der jeden an die Heiligkeit des Ortes zu erinnern hatte.

Und dann ging die Türe auf, und lautlos auf weißen Pantöffelchen kam Annemarie. In dem langen blaßblauen Nachtkleide sah sie größer aus, als Felix sie in der Erinnerung hatte. Die dunkelblonden Zöpfe fielen lang über den Rücken nieder. Sie mußte geschlafen haben, denn ihre Augen hatten den frischen Glanz von Augen, die eben erwacht sind.

Felix sprang auf, sehr erregt und ein wenig befangen: »Annemarie,« rief er, dabei hörte er es, daß seine Stimme innig klang, und es war ihm angenehm, die Arme leidenschaftlich auszubreiten. Er nahm die kleine, blaßblaue Gestalt vorsichtig an sich. Annemarie bog ruhig den Kopf zurück und ließ sich auf die Lippen küssen.

»Malten wollte mich ausschließen,« sagte sie und lehnte sich leicht gegen seinen Arm. »Ich sollte schlafen. Aber ich hörte deine Stimme. Eine Hausherrnstimme haben wir so lange nicht gehört.«

Die Malten bog den Kopf zur Seite und lächelte, die schmale Linie ihrer Lippen ein wenig schief verziehend.

»Jetzt mußt du essen, du Armer,« sagte Annemarie.

Felix setzte sich und aß. Annemarie stützte die Ellenbogen auf den Tisch, das Gesicht in die Hände und schaute ihm zu. Felix fühlte den aufmerksamen Blick der blauen Augen langsam über sich hingleiten. Sie sah sein Haar, seine Augenbrauen, seine Lippen an.

»Ach! Du trägst den Bart spitz geschnitten« – bemerkte sie. – »Ja. Gefällt dir das?«

»Ja – das ist hübsch. Immer noch die schönen, langen Wimpern.«

Er blinzelte ein wenig mit den langen Wimpern, um sie zu spüren. Dann begann er von gleichgültigen Dingen zu erzählen, von Zügen und Unannehmlichkeiten mit dem

Gepäck, mit betrügerischen Droschkenkutschern. Er hörte sich selbst kaum zu. Der Wein ließ eine angenehme Wärme durch seine Glieder rinnen, die ein wenig schwer von Müdigkeit waren. Er fühlte das Bedürfnis, zärtlich zu sein, griff nach Annemaries Hand, die kühl und geduldig in der seinen lag, er beugte sich vor, um den Duft des dunkelblonden Haares einzuatmen, den feinen, frischen Duft nach Waldblumen, die unter Tannen wachsen.

»Und du,« sagte er, »sprich von dir.«

Annemaries Augenlider wurden schon schwer und der Blick wurde stätig, wie bei Kindern, wenn sie schläfrig werden. »Ich? Ach, mir geht's gut! Aber sprich weiter von diesen bunten Dingen, Eisenbahnen und Gepäck und Menschen. Ich sehe das alles ganz – ganz weit, und es ist angenehm, daß das so weit ist.« Felix lachte: »Ja, das ist angenehm – und – und« – er wollte etwas Poetisches sagen – »und daß die Lapislazuli-Augen so nah sind.«

»Lapislazuli-Augen?« fragte Annemarie.

»Ja – mit goldenen Äderchen darin.« »– So! das ist ja sehr schön,« schloß Annemarie die Unterhaltung. »Gehn wir schlafen. Ich führe dich zu deinem Zimmer.«

Vor seiner Tür umarmte er Annemarie. »Jetzt wollen wir sehr glücklich sein,« sagte er, und das kam wirklich ganz warm und geheimnisvoll heraus.

»O ja! natürlich werden wir glücklich sein,« erwiderte Annemarie. »Gute Nacht – Lieber.«

Felix lag in seinem Bette noch eine Weile wach. Erregter und gerührter hatte er sich das Wiedersehen zwar gedacht. Dennoch war ihm feierlich und wohlig zumute. Hier war man doch ein anderer als da draußen. Wie in eine blanke Perlmuttermuschel, wie Annemarie sie liebte, kroch man hier herein. Gut! man war zuweilen gewöhnlich und trivial auf Reisen oder im Klub, – aber eigentlich gehörte er hierher, das merkte er schon an den hübschen, reinen Gedanken, die ihn wiegten, als er sich im Bette, zwischen den Laken, die leicht nach Lavendel dufteten, ausstreckte.

Im Hause hörte er noch leise Schritte. Die Diener löschten die Lampen aus. Im Korridor raschelte eine Schleppe, und Frau von Malten flüsterte mit jemandem. Endlich wurde es ganz still. Draußen rauschte ein starker Frühlingsregen nieder. Dieses Rauschen sprach in Felix' Träume hinein, füllte sie mit einem weißen, blanken Niederrinnen, das kühl nach Waldblumen duftete, die unter Tannen blühen.

Am nächsten Morgen, eh Felix seine Zimmer verließ, ging er an das Fenster und schaute hinaus. Der Garten war ganz feucht und blank im hellgelben Sonnenschein. In der fetten, schwarzen Erde der Beete standen grellgoldene Krokus und dicke, dunkelblaue Hyazinthen. Ein leichter Wind trug ihm den Geruch der nassen Erde und der feuchten Knospen zu. Frauenstimmen ließen sich vernehmen. Annemarie, am Arm von Frau von Malten, ging den Gartenweg entlang, ohne Hut, unter einem blauen Sonnenschirm. Sie blieben an den Beeten stehn, beugten sich nah über die Blumen nieder, sprachen angelegentlich, lachten zuweilen, als hätte eine Blume einen Witz gemacht. Der alte Gärtner kam heran. Annemarie rief ihn, die klare, wohlausgeruhte Stimme erhebend: »Guten Morgen, lieber Gärtner. Hat es gefroren heute nacht?«

Der Gärtner erzählte undeutlich in seinen Bart hinein etwas von Rosen und Mäusen. Es schien Felix, daß er sehr lange an alle das, an Rosen und Mäuse nicht gedacht hatte, und er fand es jetzt gut und hübsch, daß daran gedacht wurde.

Während des Frühstücks sagte Annemarie nachdenklich: »Am Vormittag gehst du wohl in deine Wirtschaft mit dem großen grauen Filzhut und den hohen Stiefeln. Wenn du am Fenster vorüber kommst, sprich laut. Du kannst ja jemand schelten. Es wird angenehm sein, dich zu hören – Und dann kommst du zu uns – –.« Ernsthaft rangierte sie ihn in ihr Leben ein. »Später kommen auch der Papa und Onkel Thilo – und so – – –«

»Heute zu Mittag sollte der neue Kandidat kommen,« meldete Frau von Malten leise.

Ach nein, Annemarie wollte das nicht: »Kandidaten haben feuchte Hände und Knöpfmanschetten.«

Felix lachte sehr laut darüber.

»Es ist garstig, daß ich das sage,« meinte Annemarie, »aber lachst du jetzt so?«

»Gott! wie's kommt,« erwiderte Felix ärgerlich.

Annemarie lachte, das Lachen, das sich so sorglos über das Gesicht breitete, ohne die strenge Reinheit der Linien zu stören: »Natürlich! Du kannst ja hier lachen, wie du willst. Ich frage nur. Aber der Kandidat kommt heute nicht. Heute gibt es Krebssuppe, Waldschnepfen und *pain d'ananas* und wir trinken Sekt. Später im blauen Zimmer, in der Dämmerung, erzählst du von den fremden Gegenden. Die Nachtigall singt. Wir öffnen das Fenster und hören zu. So soll es heute sein.«

Frau von Malten hielt in ihrer Hantierung inne und hörte aufmerksam zu, nahm all das wie einen Auftrag entgegen, die Schnepfen, den Sekt, die Dämmerung und die Nachtigall.

Felix setzte den grauen Filzhut auf, zog die hohen Stiefel an und ging auf den Hof hinaus. Dort stand er, schlug mit dem Stock in die Wasserpfützen und schaute das Haus an. Sehr weiß stand es da im Mittagslichte mit seiner etwas renommistischen Attika. Die Fensterreihe flimmerte. Er sah, wie von innen Frau von Malten an den Fenstern hinging und die weißen Vorhänge niederließ. Ja, so war es immer, mit Annemarie war man stets in einer Welt für sich – einer Welt für sie, und stets war die Malten da, um die Vorhänge gegen die Außenwelt vorzuziehn. Gut! er war stolz darauf, zu der Welt hinter den Vorhängen zu gehören. Dafür hatte er immer viel übrig gehabt. Die Bassenows zwar waren von jeher mehr für das Ländliche gewesen, aber seine Mutter war eine Raafs-Pelsock gewesen und hatte sich mit seinem Vater oft gestritten, weil nichts ihr vornehm genug war. Daher hatte er sich auch sofort in Annemarie verliebt. Die Elmts waren so vornehm, daß sie kaum leben konnten. Sie starben auch aus. Der Onkel Thilo heiratete nicht, um der letzte Reichsgraf zu Elmt zu sein. Aussterben ist vornehm. Und jetzt, dachte Felix, konnte er ruhig das Bassenowsche in sich spazieren führen, später kam der hübsche Tag, den Annemarie eingerichtet hatte – für das Raafs-Pelsocksche.

Pitke, der alte Inspektor, kam, die Nase sehr rot zwischen den weißen Haarsträhnen. Felix war jovial: »Na, mein alter Pitke. Man wird immer weißer. – Ja – jünger werden wir alle nicht.«

Sie gingen an den Ställen entlang. Der Kuhstall war voll von dem warmen Dampfe der großen, ruhenden Tiere. All das Gelb des Strohs nahm in der Sonne metalligen Glanz an. Man hörte die mächtigen Mäuler kauen und schmatzen und die Milch in die Eimer rinnen. Denn es war Melkstunde. Neben den Kühen hockten die Mägde, schwer und heiß wie die Kühe, mit den breiten Händen in die angeschwollenen Euter fassend.

»Das sind Herrschaften,« sagte Pitke und zeigte auf die Kühe – »fressen und sich bedienen lassen – was?«

Der fette Dunst der Tiere, der Milch, der Menschen legte sich warm und erschlaffend auf Felix. »Wie ruhig man hier wird! Man hat fast Lust, auch so unbewegt gleichmütig aus großen, starren Augen zu sehen wie die Kühe und still vor sich hinzukauen.« Als die Mägde mit wiegenden Brüsten, den vollen Milcheimer in der Hand, an ihm vorübergingen, bemerkte er: »Auch eine Rasse.« – »Faul sind die Luders, daher werden sie dick,« erwiderte Pitke.

Aber Felix hatte auch für sie was übrig! Seltsam! Aber hier mitten in all dieser ruhenden Kraft fühlte er sich auch stark. Er spürte die Breite seiner Brust, das Schwellen seiner Muskeln.

Als sie wieder in den Sonnenschein hinaustraten, stampfte Felix schwerer und breitbeiniger durch die Pfützen. Er fühlte das Gewicht seines Körpers. Pitke sprach von den Feldern, wies auf die grüne Fläche hinaus: »Dem da haben wir Kali zu fressen gegeben.« Plötzlich stockte er, dann fluchte er los: »Schockschwernot! Mischka! Teufel von Polacke!« Nicht weit von ihnen fuhr ein untersetzter schwarzer Kerl einen mit Ziegeln beladenen Wagen den nassen Weg entlang. Ein Rad des Wagens war in ein zu tiefes Geleise geraten, die Pferde mühten sich umsonst, den Wagen herauszuziehen. Der Knecht hatte den Peitschenstiel umgedreht und hieb in sinnloser Wut auf die Tiere ein.

Felix fühlte, wie es ihm heiß durch die Adern rann. Dann war er bei dem Burschen, packte ihn, hob ihn empor, schüttelte ihn, ja, es war ordentlich ein Genuß, diesen schweren Körper zu schütteln, zu spüren, wie er sich vergebens sträubte. Dann ließ Felix ihn los. »Geh, hol Leute,« sagte er, »geh!« schrie er ihn an.

Pitke lachte: »Das war sehr hübsch. Der hat den Herrn gespürt.«

Felix lächelte geschmeichelt. Er rieb sich die Hände, er fühlte an seinen Fingern noch das grobe Tuch des Rockes und die stahlharten Muskeln des Burschen.

Beim zweiten Frühstück erzählte Felix die Sache mit Mischka, erzählte angeregt, lebhaft: »So faßte ich ihn, so hielt ich ihn.« Plötzlich brach er ab. Es war ihm, als habe seine Erzählung keinen Erfolg. Annemarie beugte ihren Kopf auf ihren Teller nieder und bemerkte: »Mußt du das selbst machen. Kann nicht Pitke« – – dabei schaute sie sinnend auf seine Hände, als wären sie ihr in diesem Augenblick nicht sympathisch. Felix zuckte verstimmt die Achseln: »– Gott! ich tu das sehr gern zuweilen.«

»So, das war etwas anderes,« gab Annemarie höflich zu, »ja, es muß merkwürdig sein, wenn man so stark ist. Man sitzt ruhig, mit einemmal fällt es einem ein: mein Arm ist sehr stark, und dann muß man etwas heben, einen Tisch oder einen Mann. Thilo sagt, viele Herren sehen so aus, als ob sie immer nur an ihren schönen Bart denken. Aber manche sehen doch auch aus, als dächten sie immer an ihre Muskeln. Nicht wahr?«

Felix wollte auf diese Beobachtung nicht eingehn, er bemerkte vielmehr ironisch: »Thilo –, ja der hat ja im Leben nichts anderes zu tun als etwas zu sagen.«

Annemarie errötete: »Wieso? Er ist doch Abgeordneter.«

»Abgeordneter ist man doch auch nur, um etwas zu sagen.«

Es entstand ein befangenes Stillschweigen, bis Frau von Malten berichtete, die Equipage der Gräfin Proseck sei unten am Park vorübergefahren. Ob die Gräfin selbst darin saß? Und wohin mochte sie gefahren sein? Das blieb fraglich.

Das Frühstück ging zu Ende.

»Du weißt, jetzt mußt du tanzen,« sagte Annemarie zu Felix.

»Tanzen?«

Ja, der Arzt hatte ihr Bewegung verordnet, daher tanzte sie täglich mit Mila, Malten spielte. Aber jetzt hatten sie einen Herrn. »Mila, hol unsere Fächer und setzen wir uns in den Saal.« Der Saal war voller Sonnenschein. Das Licht brach sich in den Kristallen des großen Kronleuchters und übersäte die Wände mit kleinen Stücken Regenbogen. Annemarie und Mila saßen in den gelben Atlassesseln wie in schwergoldenem Licht.

Felix tanzte zuerst mit Annemarie. Es war sehr genußreich zu fühlen, wie die Töne ihr in die Glieder fuhren, die ganze Gestalt mit Rhythmus erfüllten, selbst der schnellere Atem, der ihre Brust hob, schien im Walzertakt zu gehn. Dann kam Mila an die Reihe. Sie tanzte ein wenig schwer; kam sie in Schwung, so war der Schwung nicht leicht aufzuhalten.

»Le dos, Mila, tenez vous droite,« rief Frau von Malten vom Klavier herüber. Aber wer konnte diesen wilden Mädchenkörper regieren!

Später in seinem Zimmer saß Felix müßig am Fenster und hörte dem Schrillen der Spatzen zu. Er hatte die Milchbücher durchsehen wollen, aber nun war es ihm ganz gleichgültig, wieviel Milch die Kühe gaben. Etwas tun, das war keine Kunst, da konnte man bald einen Tag hinbringen. Aber stille sitzen und an hübsche, helle Dinge denken, das ist Kultur.

Das Abendlicht lag wie rötlicher Staub in der Luft, über den Wipfeln der Parkbäume. Die Stare schlugen erregt und unermüdlich.

Es war merkwürdig warm für die Jahreszeit. Die Glastüren des Saales standen offen. Die Gesellschaft ging auf der Veranda auf und ab und wartete auf das Mittagessen. Die Damen hatten sich hübsch angezogen. Annemarie trug ihr teerosenfarbnes, leichtes Seidenkleid und rote Monatsrosen im Gürtel. Mila war in Weiß mit einem großen, kindlichen Spitzenkragen. Felix lehnte mit dem Rücken gegen die Brüstung: »Geht – geht –« sagte er, »das sieht unwahrscheinlich gut aus.« Sie gingen langsam vor ihm auf und ab.

»Heute ist es nicht schwer, hübsch zu sein,« bemerkte Annemarie – »nicht wahr, Mila? Heute ist so ’ne Festluft. Ich merke das gleich beim Atmen, ob ein Fest in der Luft liegt.«

In der Ferne sangen von der Arbeit heimkehrende Arbeiter. Annemarie blieb stehen und lauschte.

»Jetzt sind die doch auch froh,« sagte sie, etwas Ungeduld in der Stimme, als widerspräche sie jemandem.

»Was werden sie nicht,« erwiderte Felix zerstreut.

»Nun also! Komm, gehn wir essen.«

Frau von Malten in ihrem schwarzen Atlaskleide legte bedächtig die Suppe vor.

»In der Tat! Frau von Malten versteht aus jeder Mahlzeit ein Fest zu machen,« bemerkte Felix höflich.

»Malten! O ja!« bestätigte Annemarie, »und das ist auch nötig. Essen wird so leicht langweilig oder schlimmer noch. Ich höre es sehr gern, wenn Malten von der Wirtschaft spricht. Da kommt nicht immer so was von Stehlen und so vor. Ich glaube, Mozart sprach von seinen Kompositionen so wie Malten von ihrer Wirtschaft.«

»So!« Felix hob den Löffel mit einem Krebsschwanz zum Munde und liebäugelte mit ihm: »Es gibt wohl Leute, die sich beim Essen nicht so leicht langweilen.«

Annemarie hatte ihren Teller geleert und lehnte sich befriedigt zurück:

»Ach ja! die armen Leute, die wenig zu essen haben. Natürlich! ich weiß. Aber sonst.

Als Kind – wenn die Eltern nicht zu Hause waren und Mrs. Flemmers herrschte, fand ich das Mittagessen immer alltäglich. Sie bestellte gern Sauerbraten mit Salzgurken. Das schmeckt ja ganz gut, aber es macht traurig. Mich macht Sauerbraten mit Salzgurken heute noch traurig.« Als der Sekt getrunken wurde, bekamen die Damen rote Flecken auf den Wangen und lachten über geringfügige Dinge. Felix fand es heute leicht, witzig zu sein.

Im blauen Zimmer brannte ein kleines Feuer im Kamin. Dort streckte man sich nach dem Essen in den großen Sesseln aus.

»Sonst las Malten jetzt die Kreuzzeitung vor. Es ist sehr interessant, sie weiß bei den Familiennachrichten alle Verwandtschaften.« Annemarie plauderte so ein wenig schläfrig vor sich hin: »Ach, Lieber, laß dich doch auch in den Reichstag wählen. Wenn Malten eine Rede von Onkel Thilo liest und da steht ›Heiterkeit links‹, dann sagt Malten immer ganz böse: ›*Ils rient, ils ne savent pas de quoi.*‹«

Frau von Malten meldete: »Die Nachtigall hat angefangen.« Im Nebenzimmer wurde das Fenster geöffnet, die Diener wurden ermahnt, leise zu sein, und man hörte zu.

Annemarie lag regungslos da, die Hände im Schoß gefaltet, Mila schloß die Augen und öffnete die feuchten Lippen, als träumte sie angestrengt. Es war eine sehr leidenschaftliche Nachtigall. Wenn sie die Stimme steigerte, als schwelle ihr das Herz, klang es fast herbe, und dann wurden die Töne wieder süß und eindringlich. Felix streckte sich ordentlich vor Gefühl in seinem Sessel. Er hatte es selbst nicht geglaubt, daß soviel Gefühl in ihm stecke. Mila schlug die Augen auf, sah böse zum Fenster hinüber und sagte: »Ich seh sie.« – Alle wollten nun den dunklen Punkt im Fliederbusch sehn. Der Garten war weiß vom Mondenschein. Da hinaus mußte Annemarie. Es wurde nach Tüchern gerufen. Wenn Annemarie etwas wollte, hatte es Eile, als fürchtete sie, es könnte etwas dazwischen kommen. Sie nahm Felix' Arm und so gingen sie den Gartenweg hinab. Die Nacht war ungewöhnlich warm. Über der Wiese stand eine schwarze Wolkenwand, in der es unablässig wetterleuchtete. »Unser erstes Gewitter,« bemerkte Felix. Ja, Annemarie spürte das im Blut: wie ein kleines Fieber. Als ob da drin auch so was Goldnes kommt und geht wie in den Wolken. Ah! Sie bog ihren Kopf zurück, atmete tief: »Morgen werden alle Bäume blühen, alle weiß sein.«

»Tut dir das gut?« fragte Felix. Er fühlte die Zärtlichkeit in sich stark werden, fast schmerzhaft, wie Mitleid.

»Ja, gut. Heute war ein schöner Tag. Ich fürchtete mich eigentlich vor ihm.« – »Vor mir?«

»Vielleicht auch vor dir. Man weiß nie. Plötzlich kommt etwas – ist da und man will dann gar nicht mehr leben.« Annemarie lachte vor sich hin: »Seltsam ist's, so in die Sterne zu sehn. Schwindelig macht es. Ich seh, wie sie hängen und sich bewegen. Durstig macht es auch, man möchte es trinken. Nicht wahr? So ein Getränk müßte es geben – blau und gold und kühl. Ich werde Malten fragen, die kennt alle Rezepte.«

Felix beugte sich über das Gesicht, das

zu den Sternen aufsah, und küßte es. Hinter den Berberitzenhecken, wo das Gesindehaus lag, erscholl das Aufkreischen einer Mädchenstimme, dann Männerlachen. Annemarie schrak zusammen.

»Die Stallburschen und die Milchmädchen,« erklärte Felix. »Die freuen sich auch dieser Nacht. Die regt sie auch auf.«

»Auch?« sagte Annemarie und richtete sich auf: »Ach ja, die haben ja da so ihre Sitten. Wollen wir tiefer in den Park gehn, dort wird es stiller sein.«

Im Park war das Schattennetz auf den beschienenen Wegen dichter. Der Teich schlief still und glatt. Das Mondlicht schwamm auf dem schwarzen Wasser wie goldenes Öl. »Hier müssen Veilchen in der Nähe sein, riechst du's?« fragte Annemarie.

»Ja,« sagte Felix, obgleich er nichts roch. –

In dem Laube begann es zu flüstern und ein Windstoß fuhr in die Wipfel. Felix nahm Annemarie auf die Arme und lief dem Hause zu. Das Gewitter. Sie lag ganz still – nur einmal sagte sie: »Das ist gut.«

Als Felix später, durch das stille, dunkele Haus, zu Annemarie hinüber ging, fand er sie in dem weißen Zimmer, unter einer weißen Ampel, auf ihrem Bette sitzen, selbst ganz weiß, nur die Augen schienen fast schwarz in all dem Weiß und schauten ihm ruhig und sinnend entgegen.

»Danae,« dachte er. Dann fiel es ihm ein, ob er in seinem weißen Flanell-Nachtanzug mit den gelben türkischen Pantoffeln ihr nicht lächerlich erschiene.

Es war zehn Uhr nachts. Die anderen hatten sich früher zurückgezogen. Felix ging in sein Zimmer, stieß das Fenster auf und pfiff melancholisch in die Mondnacht hinaus.

»Hübsch, hübsch, aber hol's der Kukkuck,« murmelte er, »wie in 'nem Glasladen geht man hier herum!«

So heute abend wieder. Er war guter Laune gewesen, hatte Mila geneckt, Anekdoten erzählt, sich recht gemütlich gehen lassen, bis er gemerkt hatte, daß die Malten ergeben in den Schoß sah und Annemarie ihr gelangweiltes, spöttisches Gesicht machte. Was an ihm mißfiel, wußte er nicht. Man war früher aufgebrochen und ihm war die ganze Stimmung verdorben.

Alles hatte hier Nerven, alle Menschen, alle Möbel, alle Blumen. Er selbst bekam auch Nerven. War es denn natürlich, daß er hier saß und an seine eigene Frau dachte, wie als Knabe, wenn er verliebt war, nachts aus dem Fenster stieg, sich in den dunkeln Garten schlich, um unter den Pflaumenbäumen zu hocken, die kalten, taufeuchten Pflaumen zu essen und sich krank vor Liebe zu fühlen? Das war unnatürlich und unwahrscheinlich und mußte anders werden.

Ärgerlich schlug er das Fenster zu.

Als Felix abends von der Schnepfenjagd nach Hause kam, fand er seinen Schwiegervater und den Onkel Thilo vor. Die dicke Exzellenz mit dem rosa Gesicht und der gelockten braunen Perücke begrüßte ihn, als hätten sie sich gestern erst gesehen. Thilo war förmlich, wie immer. Er sah prachtvoll aus mit dem klassischen Profil und dem seidigen, aschblonden Backenbart. Er lehnte sich in den Sessel zurück, schlug die schweren Augenlider nieder und erzählte Annemarie mit leiser Stimme eine Geschichte. – Annemarie hörte sehr aufmerksam zu, die Wangen leicht gerötet. Im Zimmer roch es nach Attkinsonschem Parfüm und englischen Zigaretten. Beim Mittagessen erzählte die Exzellenz Bismarckanekdoten, die alle schon kannten, Thilo sprach mit Frau von Malten über einen Malten, der Gesandter in Bukarest gewesen war. Am Ende der Mahlzeit verließen die Damen die Tafel, und die Herren tranken alten Portwein. Wenn Thilo da war, folgte man dieser englischen Sitte.

Die Exzellenz begann sehr leise von Weibern zu sprechen: »Man darf das nicht verwechseln. Es gab drei Tänzerinnen: die Pepita, die Petitpas und die Petitia. Ich hab sie alle drei gekannt. Die Petitpas aß Schaltiere besonders viel, sie sagte, diese Tiere machen die Haut durchsichtig. Wenn man zu ihr ging, mußte man ihr Krabben mitbringen.«

Thilo strich vorsichtig seinen Bart: »Tänzerinnen,« meinte er, »sind gut auf der Bühne und hinter den Kulissen, wenn sie sich die Schuhe binden oder üben. Hübsches Fleisch bei der Arbeit. Aber wenn das ißt und spricht – nein.«

Felix erzählte nun seine Erfahrungen mit Tänzerinnen, die schienen jedoch Thilo nicht zu gefallen, er stand auf und ging zu den Damen hinüber.

Als Felix und sein Schwiegervater in das blaue Zimmer nachkamen, saß Thilo bereits zwischen Annemarie und der Malten und erzählte mit seiner leisen, singenden Stimme. Die beiden Frauen hingen an seinen Lippen und schauten auf, als die Herren eintraten, als würden sie in einer Andacht gestört. Die Exzellenz begann eine Patience zu legen. Felix setzte sich ein wenig abseits. Eine unbehagliche Verstimmung quälte ihn. »Nun, und deine Reise?« fragte ihn Thilo. »O! sehr hübsch,« erwiderte Felix. Jetzt wollte er erzählen: »Gerade um diese Zeit voriges Jahr in Capri. Vollmond von der einen Seite, auf der anderen der Vesuv mit einem riesigen Feuerbusch auf dem Kopf, das Meer, Neapel mit den Lichtern – unglaublich.«

»Capri,« sagte Thilo, »ist eine Theaterloge. Was wir von da aus sehn, kommt uns nicht wirklich vor.«

»Sehr gut« – flüsterte Frau von Malten.

»Amalfi ist mir auch lieber,« fuhr Felix fort. Er wollte sich seine Erzählung nicht fortnehmen lassen.

»Nach Amalfi solltest du mit deiner Frau reisen,« unterbrach ihn Thilo. »Als ich auf der Hotelterrasse saß – fehlte Annemarie geradezu, sie gehört da hinein, das ist ihr Hintergrund, das blauseidene Meer – und so –«

»Nur des Hintergrundes wegen?« fragte Felix spöttisch.

»Warum nicht?« meinte Thilo. »Wenn man seiner Frau eine Toilette kauft, die ihr steht, kann man auch eine Reise machen, um ihr den rechten Hintergrund zu schaffen. Ich habe dich dort sehr vermißt –« wandte er sich an Annemarie, die leicht errötete.

»Weiber sind ja genug dort,« murmelte Felix, mit dem deutlichen Bewußtsein, etwas Unpassendes zu sagen. Thilo zog die Augenbrauen empor. »Gott! ja! Wenn ich diese Damen da sah, dachte ich, die wagen denn doch ein wenig zu viel, wenn sie sich dort hinstellen!«

Felix lehnte sich in seinen Sessel zurück und sog an seiner Zigarre. Gut! wenn Thilo doch alles besser wußte und sagte, sollte er sprechen. Die Malten meldete die Nachtigall, und nun hörte man zu. Die Exzellenz klatschte zuweilen in die Hände und sagte: »Brava – brava!«

»Eine merkwürdige Nachtigall« – erklärte Thilo, »die singt, als hätte sie einen Konflikt hinter sich.«

»Ehekonflikt,« kicherte die Exzellenz. Felix lachte so laut auf, daß ihn alle ansahn.

»Ich denke,« sagte er, »daß es gut ist, daß wir nicht nach Ehekonflikten in den Fliederbusch steigen müssen und die Nacht durch singen.« Wirklich herzlich lachte nur Mila darüber. »Mich rührt sie,« sagte Annemarie.

»Sie singt – als ob sie sich fürchtete – vor etwas, das kommen könnte, wenn alles still und dunkel und sie allein ist.«

»Leisten wir ihr deshalb Gesellschaft?« fragte die Exzellenz.

Felix lachte spöttisch: »Ja, wir sind hier so weichherzig, daß wir nächstens neben jedes Vogelnest eine Nachtlampe hängen werden, damit die Vögel sich im Dunkeln nicht fürchten.«

Als die andern sich zurückgezogen hatten, saßen Thilo und Felix noch eine Weile beisammen und rauchten. Sie hatten sich nicht viel zu sagen.

»Du bist wohl froh, wieder zu Hause zu sein,« warf Thilo hin.

»Ja – o ja!« erwiderte Felix. Er hatte Lust, mehr zu sagen, diesem Manne, der alles wußte, den sie alle bewunderten und dem sie recht gaben, von sich zu sprechen. »Obgleich –,« begann er zögernd, »wenn das Leben einmal gewaltsam gestört ist, dann ist es nicht leicht, daß es gleich wieder – einfach – selbstverständlich wird.«

Thilo warf seine Zigarette in den Kamin und stand auf.

»Selbstverständlich?« wiederholte er – »Nein – das wird es wohl nicht sein. Und warum sollte es das auch? Gute Nacht.« – »Unangenehmes altes Orakel« – brummte Felix ihm nach.

Es war Felix, als rückte er von dem Leben seines Hauses weiter fort. Wenn er von draußen hereinkam, fand er, daß die andern sich gut unterhielten. Annemarie spielte vierhändig mit ihrem Vater oder man saß auf der Veranda und setzte ein Gespräch fort, dessen Anfang er nicht gehört hatte, man lachte über Scherze, die gemacht worden waren, als er nicht da war. Am Vormittage saßen Annemarie und Thilo im blauen Zimmer und lasen Dante. Wenn er kam, hielten sie im Lesen inne, er wurde nach der Wirtschaft gefragt, nach dem Wetter. Annemarie war freundlich, wie wir es sind, wenn wir uns glücklich fühlen. »Warum bist du nicht bei uns, Lieber? Ach, die dumme Wirtschaft!« sagte sie zerstreut. Die Mahlzeiten kamen, die Patience, die Nachtigall, Felix war einsilbig. Was half es, etwas zu sagen, wenn Thilo ihn unterbrach, um etwas zu sagen, das die andern viel besser fanden?

Wenn er in seiner Wirtschaft umherging, trieb es ihn immer wieder an das Gartengitter. Er sah Annemarie und Thilo die Wege entlang gehn, vor den Blumen stehen bleiben. Thilo sprach, und Annemarie bog den Kopf zurück, um ihn anzusehen. Sie lachten. Felix versuchte es, ihnen nah zu kommen, zu hören. Er versteckte sich hinter Büsche, selbst ganz erstaunt darüber, daß er das tat. Annemarie stellte sich unter die Obstbäume, die voller Blüten, wie Alabasterkuppeln sich über sie wölbten. Sie lächelte ihr sorgloses Lächeln, wiegte sich leicht, wie berauscht von all dem Weiß. »Jetzt kommt er!« rief Thilo. Es war der Wind, der kam. Er fuhr in die weißen Wipfel. Die Blütenblätter regneten dicht auf Annemarie nieder. Sie bog den Kopf zurück, stieß einen kleinen Schrei aus. Die Blätter fielen über ihr Gesicht, hingen sich in ihr

Haar. Thilo stand dabei, den Bart voller Kirschblüten, schlug seine schweren Augenlider auf und sah das Bild vor sich mit wohliger Verträumtheit an. Er hatte sich dieses Spiel erdacht, nannte das Blütenbäder, die er Annemarie verordnet hatte.

Felix wandte sich ab und ging auf das Feld. Er setzte sich an den Wegrain. Vor ihm pflügte ein alter Mann mit einem alten Pferde Wickenland auf. Blank und schwer legten sich die Erdschollen um. Das Pferd und der Mann gingen müde und faul immer wieder das Stück Acker auf und ab. Das Land lag still unter der Mittagssonne da. Mitten im Felde blühte eine Weide, ganz bedeckt von weiß und gelben Puscheln, die süß nach warmem Honig dufteten. Der Baum war voller Bienen, so daß es klang, als singe er schläfrig vor sich hin.

Felix fühlte sich elend. Das lag ihm in den Gliedern, dem Herzen, der Kehle. Er wollte gar nicht darüber nachdenken. Die da drüben würden Gesichter machen, wenn sie wüßten, daß er hier saß und – und – eifersüchtig war.

Der Schwiegervater würde lautlos lachen, Thilo würde die Augenbrauen hinaufziehen und aussehen, als wollte er sagen: »So etwas übergehe ich.« Und Annemarie? Ach Gott! ja! Er hatte Lust, einmal in dieses hübsche, glatte Leben einen Ton hineinzurufen, der sie alle aufhorchen machte.

»Wir wollen die Freuden des Landlebens genießen,« sagte die Exzellenz. »Die Nachtigall und Milch, warm von der Kuh, haben wir gehabt. Jetzt wollen wir den Schnepfenstand und nasse Füße.«

Auf der langen Bankdroschke fuhr die Gesellschaft durch den Wald. Die Sonne schien rot durch die Tannen. Der Wald glich einer stillen, dämmerigen Stube, in der stark geräuchert worden ist.

An einem kleinen Sumpf wurde halt gemacht. Dort stand das vorjährige Gras gelb und struppig zwischen den schwarzen Wasserlachen. Vorsichtig mußte die Gesellschaft zwischen den verkrüppelten Kiefern und den kleinen, schlohweißen Birken von Hümpel zu Hümpel springen.

Felix stellte die Herren ab. Bei der Exzellenz blieb Frau von Malten, Annemarie bei Thilo und Mila bei Felix. Die Hände tief in die Taschen des grauen Paletots gesteckt, eine weiße Sportmütze auf dem Kopf, stand sie, ein wenig breitbeinig, da und schaute in die Höhe, wartete auf die Schnepfen. Sie sah dabei aus wie ein hübscher, etwas gewalttätiger Knabe. Böse schob sie die Unterlippe vor: »Wenn die da nebenan so laut sprechen,« bemerkte sie, »dann ziehen die Schnepfen hoch.«

Nebenan hörten sie Thilo sprechen und Annemarie lachen. Felix zuckte die Achseln, aber lauschte angestrengt hinüber.

Der Himmel wurde rosenfarben. Die Vögel begannen zu lärmen. Das rote Licht regte alle auf. Die Hunde in den Bauernhöfen bellten, nicht das traurige Bellen der Nachtwache, sondern ein lustiges Sprechen der Unterhaltung.

Die Hüterjungen und Hütermädchen schrien aus Leibeskräften.

Dann – wurde es still.

»Sie kommt« – meldete Mila.

Vom Walde her tönte das ölige Quarren. Die Schnepfe flog sehr schwarz gegen den blassen Himmel, über die Birkenwipfel. Auf Felix' Schuß fiel sie. In der Ferne ließ sich eine zweite vernehmen. Felix wandte sich dem Ton zu. Als er geschossen hatte und laden wollte, sah er Mila die angeschossene Schnepfe in der Hand halten. Die breiten Finger der anderen Hand schob sie unter die Flügel der Schnepfe und drückte die Brust des Vogels zusammen, ruhig und aufmerksam. Das Schnepfengesicht mit den blanken Augenperlen und dem langen Schnabel schaute unverändert, fast gemütlich vor sich hin. Allmählich schlossen sich die Augen, der Kopf neigte sich in einer müden, hoffnungslosen Bewegung.

»Was tun Sie da?« fragte Felix.

»So muß man's doch machen« – erwiderte Mila, warf den toten Vogel fort, steckte die Hände wieder in die Taschen und sah empor, wachsam wie ein Hühnerhund.

Felix schaute das Mädchen an. Teufel! das

ist heißes Blut, dachte er – und angenehm leicht zu verstehen. Mila merkte es, daß er sie ansah. Sie warf ihm einen flüchtigen, blanken Blick zu – zeigte in einem kurzen Lachen ihre grellweißen Zähne: »Es kommt wieder eine,« meldete sie.

Es dunkelte schon. Man brach auf. Nebel flossen über den Sumpf. Erdkrebse begannen ihr helles, eintöniges Klingen an den schwarzen Wassern. Im Birkenwipfel hing ein Stück Mond.

»Komm,« sagte Felix. Nahm Annemarie an seinen Arm und führte sie über den Sumpf.

Annemarie war sehr angeregt: »Köstlich ist es; wie hübsch sie hier alle im weißen Nebel schlafen gehen! Und die kleinen Tiere, die an den Wassern singen!« – »Ihr lachtet viel?« fragte Felix.

»Ach ja! Thilo war auch köstlich!« erwiderte Annemarie.

Die Droschke fuhr durch den dunkeln Wald, wie zwischen hohen, schwarzen Wänden hin. Mila saß neben Felix und drückte ihre runde Schulter fest gegen seinen Arm. »Frech ist die Kröte,« dachte er, aber sie war doch wenigstens eine, die nicht nur darauf wartete, ob Thilo etwas Geistreiches sagen würde. So zog er seinen Arm nicht zurück. Da sagte Thilo schon mit seiner weichen Stimme, die so passend in die Frühlingsnacht hineinklang: »Ein merkwürdiger Tod, so'n Schnepfentod! Man fliegt zum Stelldichein unter einem rosa Himmel. Und dann fällt ein Schuß und es ist aus.«

»Ach, der Tod ist nicht schlimm,« erwiderte Annemaries helle, beruhigte Stimme in die Dunkelheit hinein, »Vorhänge, die fest zugezogen werden –, das ist sicher. Und vielleicht . . .«

Die Exzellenz kicherte. Ihr war die Wendung des Gespräches zu düster. »Lieber wär's dem Schnepfenjüngling, daß der Schuß fällt, wenn er vom Rendezvous zurückkommt.«

»Warum?« meinte Thilo. »Ihm wird vielleicht eine Enttäuschung erspart. Sie sind nicht immer zur Stelle.«

»Sehr hübsch« – bestätigte die Malten.

Das Gespräch versiegte. Ein jeder träumte schweigend in die duftschwere Dunkelheit hinaus.

Felix wollte zur Stadt. Es war Pferdemarkt, bei der Gelegenheit sollte man auch ein wenig über die Wahlen sprechen.

»Du hast recht« – sagte sein Schwiegervater, »sich mit den Standesbrüdern zuweilen bei Rotwein für die Getreidezölle begeistern, ist gesund.«

Felix freute sich auf diese Ausfahrt. Es hatte geregnet. Jetzt schien die Sonne wieder. Der Marktplatz war feucht und blank. Die Tiere glänzten, als wären sie frisch lackiert. Überall traf Felix Bekannte. »Was Teufel! Bassenow wieder da!« »Ah, Bassenow, der Ausreißer. Na, jetzt haben wir ihn fest.« Es war hübsch, den Pferden auf die seidigen Flanken zu klopfen, ihnen ins Maul zu sehn und sie am Schweif zu ziehen und die Juden zu necken. Später im ›Kronprinzen‹ gab es ein Frühstück. Man sprach sehr laut über Politik, schlug auf den Tisch, wurde ganz heiß von schneidiger Opposition. Als die älteren Herren fort waren, saßen die jüngeren noch beim Sekt zusammen. Die Zigarre zwischen den Zähnen, die Arme auf den Tisch gestützt, erzählten sie sich Weibergeschichten, nannten die Dinge beim rechten Namen, lachten ganz laut. Felix gab Reiseerlebnisse zum besten, sehr starke Geschichten, die selbst den blonden Pankow verblüfften, der sich doch sonst für den Erfahrensten in diesen Sachen hielt. Aber, als man sich zum Jeu niedersetzte, mußte Felix nach Hause fahren.

Er kutschte selbst, trieb die Pferde an. Der Sekt war ihm zu Kopf gestiegen. Er hatte viel und schnell getrunken, lachte noch vor sich hin über die Geschichten, die er erzählt hatte, und fühlte sich leicht und heiter. Das Leben erschien ihm eine gute, einfache Sache.

Zu Hause stellte er sich unter die kalte Dusche. Er dachte darüber nach, ob er ganz natürlich gewesen war, als er aus dem Wagen stieg und die anderen auf der Treppe begrüßte. Na – gleichviel.

Während des Mittagessens war er sehr aufgeräumt, erzählte, lachte – sehr unbefangen und natürlich, nur fand er, daß die andern nicht ganz unbefangen waren. Sie gaben ihm so schnell recht, antworteten so ruhig, als wollten sie es unterstreichen, daß nichts Besonderes an ihm sei. Annemarie schob ihren Teller zurück. Ihre Lippen zuckten hochmütig. Sie tauschte flüchtige Blicke mit der Malten. Wenn er schwieg, sprachen die anderen von gleichgültigen Dingen, die sie selbst nicht zu interessieren schienen. Einer der Diener ließ klirrend die Kompottschale fallen. Felix sprang auf, sehr rot im Gesicht. »Was ist das?« schrie er. »Sind Sie betrunken?« dabei klatschte er mit seiner Serviette wie mit einer Peitsche. Die Malten winkte dem Diener fortzugehen.

»So ein Kerl!« sagte Felix und setzte sich wieder.

»Ein wenig ungeschickt noch,« flüsterte die Malten.

Eine Pause entstand, die Frau von Malten endlich mit der Nachricht unterbrach: ihre

Schwester hätte geschrieben, in Mecklenburg regne es. Dann begann die Exzellenz ziemlich unvermittelt eine alte Geschichte zu erzählen, von einem polnischen Grafen, der im Spiel all sein Geld verloren hatte und zuletzt sein Ohr setzte und als er darauf gewann, die Karte noch bog.

»Wie schrecklich,« meinte Frau von Malten. Mila lachte so heftig, daß man merkte, es war nicht das Ohr des polnischen Grafen, über das sie lachte, es war aufgespeichertes Lachen, das ausbrach.

»Unglaublich! So die Schüssel hinzuwerfen!« hörte Felix sich sagen. Er wußte, daß das lächerlich war, aber es kam wie von selbst heraus. Niemand antwortete darauf, Annemarie biß sich auf die Unterlippe, machte ein Gesicht, als schmerze sie etwas, und hob die Tafel auf.

Drüben im Kaminzimmer war es nicht besser. Die Unterhaltung ging wieder ruhig und gleichgültig über Felix hinweg, als sei er ein Kranker und die anderen sprächen Dinge, die ihn nicht aufregen sollten. Annemarie, sehr bleich, schwieg, auf dem Gesicht den kühlen, abweisenden Ausdruck, der soviel heißen sollte, wie – »O nein – danke – nicht für mich.« Dazu war es heiß und beklommen im Zimmer, der Duft von Thilos englischen Zigaretten fiel Felix auf die Nerven. Er saß still da und dachte darüber nach, wie er es machen sollte, um unbefangen das Zimmer zu verlassen. Endlich erhob er sich: »Ob es noch regnet?« warf er hin.

»Ach ja – wer weiß –« sagte die Malten.

»Ich will mal nachsehen« – dabei schlenderte er aus dem Zimmer auf die Veranda hinaus.

Es war sternhell. Das Narzissenbeet glänzte weiß aus der Dämmerung. Da sang ja auch die Nachtigall. Jemand stand vor dem Fliederbusch, eine Gestalt, die sich bückte, etwas von der Erde aufhob und gegen den Busch warf. Die Nachtigall verstummte, dann flatterte sie mit eiligen Flügelschlägen in die Dunkelheit hinein. Die Gestalt wandte sich ab und ging den Gartenweg hinab. Das waren die großen Schritte, das lässige Sichwiegen in den Hüften, das Mila annahm, wenn Frau von Malten sie nicht sah. Was wollte sie? Felix ging ihr nach. Am Abhang blieb sie stehen, legte sich glatt auf den Rasen und rollte den Abhang hinab. Dabei stieß sie leise, schrille Schreie aus, wie das Pfeifen einer Fledermaus. Unten angekommen, stand sie auf und lief wieder den Abhang hinan. Felix ging ihr entgegen.

»Werden Sie nochmal runterrollen?« fragte er.

Mila blieb stehen, atemlos, ihre Zähne leuchteten weiß im Sternenschein. »Ja,« sagte sie.

»Ist das angenehm?«

»Ja, das ist gut, und drin ...«

»Erstickt man« – ergänzte Felix.

»Ameisen laufen einem über die Beine vom Sitzen« – meinte Mila.

»Ich möchte auch so runterrollen,« versetzte Felix nachdenklich.

»Sie« – Mila legte den Handrücken auf den Mund und lachte.

»Kommen Sie,« sagte Felix. Gehorsam

ging Mila neben ihm her. »Kommen Sie oft hierher so runterrollen?« fragte er.

Mila schwang beim Gehen die Arme hin und her, als könnte sie nicht genug Bewegung haben: »Oft? Ach nein, ich kann nicht oft heraus. Aber heute schläft die Alte unten bei ihr.«

Die spricht, als wären wir im Einverständnis – ging es Felix durch den Kopf – wie zwei Dienstboten, wenn die Herrschaft sie nicht hört. »Und die Nachtigall, was hat die Ihnen getan?« fragte er weiter.

»Die? Ich mag sie nicht. Man muß ihr immer so lange zuhören.«

Sie bogen in die große Kastanienallee ein. Dort war es vollends dunkel. Felix blieb stehen, faßte schnell und hart nach dem Arm des Mädchens, zog es an sich. Mila atmete hastiger und lauter, aber sie ließ sich ruhig fassen, ja, sie duckte sich fast wie eine Birkhenne.

Sie setzten sich auf den Rasen und Felix nahm Mila wieder an sich – mit einem rauhen, bösen Begehren, als wollte er es das

Mädchen entgelten lassen – daß er so – so sein konnte.

Am Abend im Kaminzimmer sagte die Exzellenz: »Nun Thilo –, du fährst morgen nicht mit mir?«

Thilo streichelte zart seinen Bart. »Nein – Annemarie hat mich aufgefordert, noch ein wenig hier zu bleiben. Wenn ihr mich also behaltet – – –.«

»Ach ja,« riefen Annemarie und die Malten zu gleicher Zeit.

»Sehr angenehm« – murmelte Felix, aber eine große Bitterkeit stieg in ihm auf. »Warum wollte der bleiben?« Er wandte den Kopf ab, denn er fühlte, daß er ein eigentümliches Gesicht machte. Keiner jedoch achtete auf ihn, nur Mila sah ihn mit ihren blanken Augen an. Das Mädchen hatte es jetzt aufgenommen, ihn so hungrig anzusehen, daß es ihn verlegen machte. Er rüttelte sich auf. Er wollte etwas Gleichgültiges sagen.

»Den Pankow sah ich heute,« berichtete er. »Er fuhr unten am Park vorüber.«

»So. Was sagte er?« frug die Exzellenz.

Felix lachte. »Er erzählte gleich einige tolle Geschichten. Ein netter Junge. Er wollte uns nächstens besuchen.«

»Der!« sagte Annemarie gelangweilt. »Ich mag ihn nicht. Seine Geschichten sind immer so lang und nicht ganz reinlich und er lacht selbst so lange über sie.«

»Ja« – stimmte Thilo bei, »solche Menschen sind nicht angenehm, die in ihren Geschichten wie in einem warmen Bade sitzen, aus dem sie nur ungern wieder heraussteigen.«

Felix fuhr auf. »Ich mag ihn sehr. Wer soll denn zu uns kommen? Wir leben wie in einem verzauberten Schloß. Der eine darf nicht kommen, weil er Knöpfmanschetten trägt, der nicht, weil er lange Geschichten erzählt, Hermann darf nicht bedienen, weil er rote Augen hat. Nächstens wird jeder, der über unsere Schwelle kommt, ein Examen in Ästhetik ablegen müssen. Das ist lächerlich. Wo haben wir denn unser Diplom als Engel? Pankow ist mein Freund und er wird kommen.« Es tat ihm wohl, dieses so laut und brutal herauszusprudeln.

»Gewiß, er soll kommen,« sagte Annemarie mit ein wenig zitternder Stimme. »Ich sage nur, ob er mir gefällt oder nicht.«

Die Malten schneuzte sich laut. Thilo bog den Kopf zurück und schloß die Augen. Annemarie stand auf und ging hinaus, gefolgt von der Malten. Mila schlüpfte zur Türe und sah Felix an, als wollte sie ihm ein Zeichen geben.

Im Zimmer herrschte Schweigen. Die Exzellenz legte eifrig an ihrer Patience. Das Aufklappen der Karten war eine Weile der einzige Ton. Endlich schlug Thilo die Augen auf und sagte:

»Ich glaube, deine Frau ging ein wenig erregt fort. Ob du nicht nachschaust?«

Das kam Felix recht. »Erregt,« rief er. »Man kann doch ein Wort sagen. Ich habe doch recht.«

»Vielleicht,« meinte Thilo, »aber das ist doch so gleichgültig.«

»Wieso gleichgültig?« Felix erhob sich und ging erregt auf und ab. »Dieses ist doch mein Haus. Aber man wagt ja nicht mehr den

Mund aufzutun. Überall stößt man an. Immer Mißverständnisse.«

»Ja, das ist so die alte Geschichte,« meinte Thilo. »Wir heiraten diese exquisiten Geschöpfe – wie – wie man sich ein kostbares Instrument kauft, das man nicht zu spielen versteht. – Wir alle.«

»Alle?« Felix blieb stehen und sah böse auf Thilo herab. »Du ja nicht!«

»Gott!« erwiderte Thilo gelangweilt. »Mir würde es nicht anders gehen. Die Frauen sind uns in der Kultur voraus.«

»Die armen Frauen! Sie würden weniger mißverstanden sein, wenn sie mit den feinsinnigen Junggesellen verheiratet sein könnten.« Als Felix das gesagt hatte, war er selbst überrascht von der Bitterkeit seiner Worte. Thilo lächelte matt. »Entschuldige,« brummte Felix, »ich wollte nicht unhöflich ...«

»O!« unterbrach ihn Thilo. »Du brauchst dich nicht zu entschuldigen. Es ist witzig, was du da sagst. Ich muß mich entschuldigen. Ich rede dir da in deine Sachen hinein.«

»Jedenfalls habe ich recht,« fuhr Felix sicherer fort. »Man muß sich mit seiner Frau aussprechen können.«

»Das ist wohl das berühmte Teilen von Leid und Freude?« fragte Thilo.

»Gewiß!«

»Merkwürdig!« Thilo sprach leise und tonlos vor sich hin. »Unsere Frauen werden so erzogen, daß ihnen bei Tisch die Schüssel zuerst gereicht wird, und wir erwarten von ihnen, daß sie vom Hühnerbraten alle Lebern nehmen – und von der Torte alle Früchte von oben. So wollen wir sie. Und dann plötzlich wollen wir mit ihnen teilen, das, was uns selbst nicht schmeckt.«

»Ach was!« sagte Felix, der nicht zugehört hatte. »Ich esse die Hühnerlebern sowieso nicht.« Er dachte daran, ob Annemarie in ihrem Zimmer vielleicht weinte, um seinetwillen weinte? Sollte er zu ihr gehen? Man spricht erregt miteinander, man versöhnt sich. Das bringt näher. »Ich will mal nachsehen,« sagte er und verließ das Zimmer.

»Auch so ein Stück Unkultur,« murmelte Thilo, als Felix fort war. »Dieser Genuß am Rechthaben. Als ob Unrechthaben nicht ebenso genußreich sein kann.«

Die Exzellenz lachte lautlos in sich hinein, daß ihr die Schultern bebten.

An der Türe zu Annemariens Zimmer hörte Felix die Malten und Annemarie sprechen und lachen. Geweint schien dadrin nicht zu werden. Er war enttäuscht. Er fand Annemarie in ihrem Frisiermantel vor dem Spiegel sitzen, die Malten stand hinter ihr und bürstete ihr das lange dunkelblonde Haar. Annemarie sah im Spiegel ihn eintreten. Das Gesicht, das eben noch gelacht, wurde ruhig und müde. »Ah, du bist's,« sagte sie.

Felix war ein wenig befangen. »Ja, ich komme noch.« Er setzte sich. Die Malten verschwand lautlos. »Du warst erregt,« fuhr er fort. »Ich wollte nachschauen. Hab ich dich gekränkt?«

Annemarie lächelte. »Nein, es war nichts. Ich hätte es nicht sagen sollen. Aber nun ist es vorüber. Wir brauchen nicht noch über Herrn von Pankow zu sprechen.«

»Pankow ist hier Nebensache,« fuhr Felix auf. »Die Hauptsache ist, daß ich mir wie – wie beiseite geschoben vorkomme – wie – wie abgesetzt. Ich gehöre einfach nicht mehr dazu. Ich bin nicht so geistreich und so elegant wie Thilo, gut. Aber schließlich heiratet man nicht, um geistreich zu sein. «

»Thilo – warum Thilo?« fragte Annemarie und sah ihr Spiegelbild an, und beide, sie und das Spiegelbild, erröteten.

»Gerade er,« sagte Felix heiser vor Erregung. »Es ist vielleicht lächerlich und unharmonisch, daß ich so fühle – aber es macht mich unglücklich – so zu leben –. Und ich habe ein Recht, hier glücklich zu sein – kein anderer – und – und auf meine Weise.« Felix schwieg und sah Annemarie hilflos an.

»Du Armer« – sprach Annemarie in den Spiegel hinein. Dabei sahen sie und das Spiegelbild sich an, als wollten sie sagen: »Nein – damit wollen wir nichts zu tun haben!« – »Was kann man da tun?« – fuhr sie kummervoll fort. Mit beiden Händen ergriff sie ihr Haar, zog es nach vorn, kreuzte es über der

Brust, als wolle sie sich in diesen braungoldenen Brokat einhüllen.

Felix schwieg einen Augenblick, als könnte er sich nicht entschließen, etwas zu sagen, dann brachte er kleinlaut heraus: Thilo könne ja fortfahren.

»Ja – das wird er wohl müssen« – meinte Annemarie leise und müde.

Beide schwiegen nun. Annemarie zog ihr Haar fester um ihre Brust und schaute in den Spiegel, als wartete sie auf etwas.

»Sie wartet darauf, daß ich gehe« – dachte Felix. Er stand auf, er versuchte es, seiner Stimme einen frischen Ton zu geben, als er sagte: »So wird noch alles gut. Es ist besser, man spricht sich aus. Nicht? Du bist wohl müde?« Er beugte sich auf sie nieder, küßte ihre kühle, bleiche Stirn: »Gute Nacht.«

Als er das Zimmer verließ, fand er im Vorzimmer die Malten eine beruhigende Limonade rühren.

Was nun? Er war mit sich, mit Annemarie unzufrieden. Sie – ernst und ablehnend ihr Spiegelbild ansehend, schien ihm fremder und ferner denn je. Und doch war der Wunsch, ganz zu ihr zu gehören, gerade so quälend stark. Schlafen konnte er nicht. Er fürchtete sich vor der Stille seines Schlafzimmers. In den Park hinunter zu Mila wollte er nicht. Nein – nicht jetzt! Er nahm sein Gewehr und ging dem Walde zu.

Das weite Land, das still unter dem Sternschein schlief, das Wehen, das über feuchte Wiesen hingestrichen war, taten wohl. Er bog in den Wald ab, ging durch die Finsternis. Die taufeuchten Bärte der alten Tannen strichen über sein Gesicht. Ein Dachs ging schnaufend an ihm vorüber. Aus dem Dickicht trat der Waldhüter Peter zu ihm.

»Ach – der Herr! Der Herr will vielleicht den Birkhahn schießen, der auf die Wiese herauskommt?«

Ja – Felix entsann sich, daß Peter davon gesprochen hatte. Nun schritt der blonde Riese mit dem runden Knabengesicht neben ihm her und sprach von den Hähnen. Wie toll waren sie dieses Jahr.

»Du hast ja geheiratet?« fragte Felix.

»Ja – die Marri. Sie diente im Schloß und hat dort gelernt, gutes Brot zu backen.«

Felix erinnerte sich ihrer. »Ein großes, hübsches Mädchen.«

»So habe ich keinen Fehler an ihr gefunden,« bestätigte Peter. »Ein bißchen böse ist sie.«

»Nun – und – haust du sie auch zuweilen?«

Peter lachte. »Wie's kommt. Ganz ohne dem geht's wohl nicht.«

Felix interessierte sich dafür: »Und – wie – worauf – schlägst du sie?«

»Wo's kommt, Herr –«

»Und dann?«

»Na, sie heult – und dann ist sie wieder hübsch freundlich. Wie schon die Weiber –«

»Ja wie schon die Weiber« – wiederholte Felix nachdenklich.

Auf der Wiese kroch Felix in die kleine, aus Wacholderzweigen zusammengebogene Hütte.

»Hier muß er kommen,« sagte Peter und ging.

Die Dämmerung lag noch über der Wiese.

Im Osten hing ein weißer Lichtstreif am Horizont. Vom nahen Walde kam ein leises, gleichmäßiges Rauschen herüber. Felix streckte sich aus. Eine leichte Schläfrigkeit machte ihm die Lider schwer. Nachtfalter streichelten mit kühlen Sammetflügeln seine Wangen. Sehr hoch über sich hörte er schon die Morgenschnepfen quarren. Gott! wie fern – fern und wesenlos schien ihm zu Hause sein Zimmer – der Nachttisch mit dem Leuchter – und dann das weiße Zimmer mit der weißen Ampel. Alles fern – wer wußte hier davon! Hier ruhte – rauschte man und atmete ganz tief. Mehr brauchte man nicht.

Die Dämmerung wurde durchsichtiger. Spinnweben bedeckten die Wiese wie mit grauen Tüchern. Eine Elster begann irgendwo zu plaudern. Dann erwachten am Waldrande auf ihren Tannen auch die Birkhähne und fauchten. Jetzt rauschte es und sie flogen heran.

Einer saß dicht vor der Hütte, blies sich auf, drehte sich, kollerte eifrig und unablässig. Und eine Henne kam heran, schaute zu, wartete, daß an sie die Reihe in diesem wunderlichen Tanze käme. Von allen Seiten antworteten andere Hähne. Über die ganze Wiese waren die seltsamen, kleinen Gestalten verstreut, die sich unermüdlich drehten. Felix schoß nicht. Es tat ihm wohl, zuzusehen, dieser eintönigen und doch leidenschaftlichen Musik zuzuhören. Das war so selbstverständlich! Die Wolken wurden rosenfarben. Die ersten Sonnenstrahlen fielen schräg auf die Wiese. Der Tau auf den Halmen begann zu flimmern.

Plötzlich schwieg alles. Es rauschte ringsum. Die Hähne flogen auf. Was gab es? Felix spähte über die Wiese hin.

Auf der anderen Seite stand ein buntes Figürchen, ein Bauernmädchen. Es hatte sein helles Kattunkleid sehr hoch über dem kurzen, roten Unterrock aufgeschürzt und ging, die Beine in den weißen Strümpfen hoch über das tauige Gras hebend, quer über die Wiese. Das große, rosa Gesicht glänzte in der Morgensonne.

»Es ist Sonntag,« fiel es Felix ein. »Die geht zur Kirche.«

Aus dem Waldrande trat ein Bursche, auch sonntäglich gekleidet, die Mütze im Nacken, das Gesicht rot vom Waschen. Beide, das Mädchen und der Bursche, blieben stehen, sahen sich an – gingen langsam gerade aufeinander zu. Nun waren sie beisammen, die breiten, lachenden Gesichter eng beieinander. Der Bursche griff nach dem Mädchen, mit ruhigen, festen Händen, als wollte er eine Frucht pflücken. Das Mädchen schlug nach ihm, und doch gingen sie eng umschlungen dem Walde zu, verschwanden unter den Zweigen der Tannen.

»Die gehn heute nicht mehr zur Kirche,« sagte sich Felix.

Er machte sich auf den Heimweg. Die Nacht hatte ihn beruhigt und gestärkt. Gott! Das Leben war einfach, man muß es nur mit ruhiger, fester Hand angreifen, so wie der Bursche dort nach den Brüsten seines Mädchens griff. Mit Thilo wollte er offen sprechen. An den Masken, die man sich vorband, erstickte man ja. Das mit den Masken gefiel ihm. Das wollte er Thilo sagen. Der liebte solche Bilder.

Die Fenster des Schlosses flimmerten in der Sonne. Der Garten war voller Tulpen und Narzissen. Gerade standen sie in ihren Beeten – ganz rein – ganz parfümiert. So hatten sie die ganze Nacht gestanden und auf den Tag gewartet. Die ließen sich nie gehen. So etwas verlangte Annemarie wohl? Na, aber eine Narzisse war er nun einmal nicht. Darin mußte sie sich finden.

In seinem Zimmer legte er sich zu Bett und schlief fest in den Tag hinein.

Es war Mittag vorüber, als Felix aufstand. Vor seinem Fenster auf dem Rasenplatz sah er Annemarie und Thilo Federball spielen. Das hatte Thilo statt des Tanzens nach dem Frühstück eingeführt. »Das Tanzen paßte ihm wohl nicht mehr,« dachte Felix und streckte sich. Er fühlte sich heute angenehm jung und energisch.

Später fand er Thilo auf der Veranda nachdenklich seine Zigarre rauchend. Zerstreut fragte er nach der Jagd. Felix lehnte sich an das Gitter und sah in den Garten hinab.

»Ich wollte dir etwas sagen,« begann er, die Worte energisch unterstreichend. »Es ist nicht leicht. Aber du wirst es mir nicht übelnehmen. Es ist immer besser, man spricht sich offen aus.«

Er schaute auf. Thilo stand ruhig da und sah auf die langgewordene Aschenspitze seiner Zigarre nieder. Endlich sagte er, die Worte nachlässig dehnend: »Davon kann ich nur abraten. Solche Aussprachen und Offenheiten sind einem später immer unangenehm.«

Felix errötete; jetzt mußte das mit den Masken kommen. »Im Gegenteil. Wenn man immer eine Maske tragen soll, daran erstickt man ja.«

Thilo lächelte. »Ich glaube, Masken sind nicht zu verwerfen,« meinte er, als handelte es sich um eine ruhige Unterhaltung. »Ich habe es immer richtig gefunden, daß die Griechen ihren Schauspielern Masken vorbanden. So konnte es ihnen nie passieren, daß Ödipus aussah wie der Herr, der gestern in der Kneipe Bier trank und Rettich aß, oder Antigone wie die Dame, die im Restaurant die Ellenbogen auf den Tisch stützte und Zigaretten rauchte.«

»Das ist hier ganz gleichgültig« – fuhr Felix auf. »Ich will mit dir etwas besprechen, was mir am Herzen liegt – offen – wie unter Verwandten. Es fällt mir schwer ...«

»Ich rate von solchen Aussprachen immer ab,« unterbrach ihn Thilo.

Felix schwieg. Das hatte er nicht erwartet. Er drückte mit beiden Händen das Eisengitter so fest, daß ihm die Hände schmerzten. Was sollte er nun sagen?

Thilo entschloß sich, mit dem kleinen Finger die lange Aschenspitze seiner Zigarre abzustreifen, und die gelassene, diskrete Stimme sagte: »Diese Nacht sind mir einige Geschäfte eingefallen, die erledigt werden müssen. So kann ich eure freundliche Einladung, noch bei euch zu bleiben, leider doch nicht annehmen. Ich fahre heute mit deinem Schwiegervater. Es tut mir sehr leid – aber – –«

»So. Ach – sehr schade,« murmelte Felix. Er machte dabei ein enttäuschtes Gesicht. Dann war ja alles gut und all seine Entschlüsse umsonst. Alles machte sich von selbst. Thilo sprach von einem Durchhau in den Parkbäumen, der sich gut machen würde. Felix stimmte ihm eifrig zu.

Annemarie und Thilo gingen langsam und schweigend den Gartenweg hinab zur Fliederlaube. Dort setzten sie sich.

»Wohin gehst du dann?« fragte Annemarie.

»Ich suche mir irgend ein Schiff« – antwortete Thilo, »um mich eine Weile auf dem Wasser herumzutreiben. Das wird das Richtige sein!« Er blickte Annemarie sinnend an, wie wir ein Bild ansehn, in das wir uns hineinleben. Sie schloß die Augen, hielt unter diesem Blick wie unter einer Liebkosung still.

»Wir Vierziger,« fuhr Thilo fort, »gehn sorgsam mit unseren Gefühlen um. Haben wir mal eins, das wertvoll ist, dann gehen wir damit in die Einsamkeit, suchen die richtige Umgebung.«

»Ich sehe es deutlich,« sagte Annemarie. »Wie du allein auf dem Schiffe sitzest und auf das dämmerige Meer hinaussiehst.«

Thilo nickte. »So wird es sein. Es ist merkwürdig, wie deutlich unsere Visionen werden, wenn wir in der Dämmerung auf das Meer hinaussehn. Wunderliche Stunden. Du weißt:

– – l'ora che volge il desio
Ai naviganti e intenerisce il cuore«

Annemarie lächelte, das rührende Frauenlächeln, das die Tränen entschuldigen soll, die fließen wollen.

»Und du,« fragte Thilo und beugte sich vor.

Sie zuckte leicht mit den Schultern – »*Desio* – davon kann man auch leben?«

Thilo nahm vorsichtig Annemaries Hand, die auf der Rücklehne der Bank lag, und legte sie auf seine Handfläche. »Du,« – sagte er – »du mußt immer ganz du sein. Nichts Fremdes hereinlassen. Du bist eben ein Einfall des Schöpfers, der keine Striche verträgt.«

Er sann einen Augenblick vor sich hin und strich leicht über die Hand, die regungslos auf der seinen lag: »Könntest du« – sagte er zögernd – »könntest du etwas wie eine Schuld – das Symbol einer Schuld – um – um meinetwillen ertragen? Sieh – so etwas wie eine Schuld austauschen, das bindet fester, als die – Ringe tauschen.« Er hatte leise mit seiner singenden Stimme gesprochen – nun hielt er inne. Als Annemarie schwieg, zog er sie sachte an sich heran, beugte sich über sie und berührte ganz leicht mit seinen Lippen ihre festgeschlossenen Lippen. Hastig richteten sie sich wieder auf: »Nahrung für die Vision,« sagte Thilo und lächelte. Dann sah er nach der Uhr, stand auf: »Ich muß nachschaun. Dein Vater wird leicht ungeduldig. Du bleibst noch?«

Annemarie nickte. Als Thilo fort war, ließ sie die Tränen ruhig über das bleiche, unbewegte Gesicht fließen.

Der Kies knirschte. Felix kam eilig heran.

»Wo bleibst du?« rief er. »Sie wollen fahren. Wie? du – du weinst?«

»Ach ja – ein wenig,« erwiderte Annemarie. »Es tut mir leid, daß sie fortfahren.«

»Natürlich. Schade« – brachte Felix hastig und kleinlaut heraus. »Was ist da zu machen! Komm jetzt. Sie warten.« –

Das Feld war frei. Ein anderes Leben sollte beginnen. Felix ließ seiner guten Laune freien Lauf. Beim Mittagessen erzählte er viel, neckte die Malten und Mila, strich zärtlich über Annemariens Hand. Er merkte es wohl, daß seine gute Laune nicht sympathisch war, allein, er wollte sich nicht stören lassen. Im Kaminzimmer, als Frau von Malten die Kreuzzeitung vorlas, war es auch nicht so recht gemütlich. Annemarie, einen beruhigtglücklichen Ausdruck auf ihrem Gesicht, schien mit ihren Gedanken sehr weit fort zu sein. Dieses Zimmer, diese Stunde waren noch so voll von Thilos Gegenwart. Mila benützte die Gelegenheit, ihren heißen Blick nicht von Felix abzuwenden – und Felix sog an seiner Zigarre und dachte törichte, gewaltsame Dinge. Wie wär es, wenn er jetzt etwas sagte – etwas täte, das wie ein Gewitter in diese Ruhe schlug, etwas, das niemand erwartete, das Annemarie auffahren, weinen machte, das die kühlen Glaswände, die hier Mensch von Menschen trennten, zerbrach?

Die Fenster standen offen. Die Nacht atmete süß in das Zimmer. Es rauschte zuweilen in den Linden, vor dem Fenster. Frau von Malten war bei den Familiennachrichten und ließ die alten Namen feierlich klingen.

Unterdes war ein tolles Blühen über die Natur gekommen. Der Flieder umgab das Haus wie mit einem Wall von weiß und blaßvioletten Musselinen. Wie lange Reihen bunter Flämmchen umsäumten die Tulpen die Gartenwege. Zu jeder Tageszeit konnte man Annemarie diese Wege auf und ab gehen sehen, das Gesicht beruhigt und glücklich. Sie sang leise vor sich hin, oder blieb stehn und horchte hinaus.

»Sie ist immer mit ihm zusammen, immer,« sagte Felix. Wenn er sich zu ihr gesellte, nickte sie zerstreut, sprach von gleichgültigen Dingen, von »seiner Wirtschaft«, von dem Garten, unterhielt sich freundlich und wohlerzogen, wie wir mit einem Besucher sprechen, von dem wir hoffen, daß er bald gehn werde.

»Der Flieder ist schön dieses Jahr, nicht wahr?«

»Das macht dich glücklich?«

»Ja – ich hör ihn ordentlich. Von jeher hab ich gefunden, daß Farben klingen. Thilo sagt, er hört das auch.«

»Der! Natürlich,« brummte Felix.

»Er sagt,« fuhr Annemarie fort, »der Flieder klingt so, als ob fern in einer Kirche am Pfingstsonntage Kinder auf dem Chor singen.«

»So! Ich höre nichts,« schloß Felix ärgerlich die Unterhaltung und wandte sich zum Gehn. Annemarie nickte wieder freundlich und bog in einen Seitenweg ein, eilig, als stünde dort einer und wartete auf sie.

Oder er kam am Vormittag zu ihr. Er wollte es machen wie die andern. Der Ehemann kommt zwischen den Geschäften, in hohen Stiefeln, für einen Augenblick zu seiner Frau, trinkt einen Schnaps – sagt dieses und jenes.

Im Vorzimmer gab Frau von Malten dem jüngeren Diener Unterricht. Sie kam immer wieder zur Tür herein, und er mußte sie bei dem großen Sessel anmelden. Oder sie setzte sich, und er mußte sie immer wieder zu Tisch bitten.

Annemarie saß in ihrem Zimmer. Sie hatte die Perlschnur, die sie zu tragen pflegte, abgenommen und ließ sie langsam durch die Finger gleiten. »Ah! Du bist es,« sagte sie, wenn Felix eintrat. »Hast du deinen Schnaps gehabt?« Sie hörte ihm zu, sie tat, als sei es selbstverständlich, daß er da saß. Aber Felix fühlte es wohl, er hatte sie gestört, hatte sie in etwas unterbrochen. Und wenn er fortgehen würde, würde sie ihr eigentliches Leben wieder aufnehmen. Mila kam, ihr vorzulesen. Annemarie schaute auf die Perlen nieder und sagte kurz:

»Nein, danke. Wir lesen nicht.«

Felix war überrascht von dem Ausdruck von Widerwillen, mit dem sie das sagte. Mila machte kehrt, daß die Röcke sausten.

»Läßt du dir nicht vorlesen? Hat Mila

keine angenehme Stimme mehr?« fragte Felix.

»Nein,« erwiderte Annemarie, ohne aufzuschauen, »ihre Stimme ist mir nicht mehr angenehm.«

»O!« sagte Mila am Abend im Park, »die Alte merkt nichts. Aber sie, sie kann mich nicht mehr leiden. Wenn ich ins Zimmer komme, schickt sie mich fort, und wenn ich ihr die Hand küsse, macht sie, als ob ein Hund ihr die Hand leckt.«

»Sprich nie von ihr – nie,« fuhr Felix sie an, faßte sie an die Schulter und schüttelte sie. Mila weinte. Sie bog ihr Gesicht, das blank vor Tränen war, auf seines nieder und küßte ihn, als wollte sie ihre ganze Wut in diese Küsse legen.

»Diesem Leben ist nicht anzukommen,« dachte Felix, als er wieder am Wickenacker stand, dem weißen Pferde, dem alten Mann und den blanken Erdschollen zusah. – »Nicht anzukommen.« –

Aber sie und er wußten es besser. Etwas geschah, von dem der Tag mit seiner hübschen Ordnung nichts verriet. Kein Wort, kein Blick erinnerte daran. Aber Felix mußte dieses Bild immer mit sich herumtragen. Nachts – wenn es stille war, wenn in den dunkeln Zimmern die Möbel unter ihren weißen Bezügen schliefen, die Blumen in den Vasen welkten – das hübsche Uhrwerk der Malten angehalten war – dann kauerte in dem weißen Zimmer, unter der weißen Ampel, das weiße Figürchen auf dem Bette. Die Augen, sehr dunkel in all dem Weiß, schauten ihm angstvoll entgegen. Und der schmale, kühle Körper lag regungslos in seinen Armen, das bleiche Gesicht hatte den Ausdruck hochmütig verschlossener Qual. – Nach solchen Nächten war das Herz ihm wund von einem bitteren, grausamen Machtgefühl. Und doch – er mußte das immer wieder erleben.

Eine seltsame Unruhe quälte Felix, nahm ihm den Schlaf. Er trieb sich draußen auf den nächtigen Straßen umher. Diese weißen Nächte des Sommeranfangs lagen so gespenstisch über dem Lande, hingen voll schwüler Träume. Aus den Bauerhöfen klangen hier und da Harmonikatöne, die schläfrig und doch ruhelos eine hüpfende Melodie in die Dämmerung hinaussangen. Am Feldrain im Grase lag ein Bauernbursche, lang hingestreckt, das Gesicht den Sternen zugewandt, und schlief. Felix ging die Landstraße entlang, sich selbst fremd, wie wir es uns sind, wenn wir uns im Traum sehen, fremd in einer fremden Traumwelt. Hinter ihm lag das Schloß zwischen seinen Fliederhecken. Im weißen Zimmer kauerte die weiße Gestalt und horchte angstvoll hinaus – ob nicht ein Schritt – sein Schritt – sich nähere. Unten im Park saß Mila und weinte, weil er nicht kam, und er irrte hier auf den stillen Straßen umher. Warum – warum mußte das sein? Er konnte es nicht verstehen!

Er streckte sich am Wegrain aus, er wollte liegen wie jener Bursche dort, das Gesicht den Sternen zugewandt, schlafen, eingewiegt von dem müden Tanzlied der fernen Harmonika.

Ein Stück Mond hing wieder in den Wipfeln der Parkbäume. Felix lag auf dem Rasen unter der Kastanie. Mila saß neben ihm, hielt seine Hand und küßte sie mit regelmäßigen, kurzen Küssen. Zwischen jedem Kuß wiederholte sie: »Mein Herr – mein Herr.« Vor ihnen lag der Teich. Eine lichtgrüne Pflanzendecke breitete sich über das Wasser. Froschlöffel und Schachtelhalme waren aufgeschossen und fingen das Mondlicht wie in einem Gitterwerk. »Mein Herr – mein Herr,« wiederholte Mila mit ihrer weichen Stimme. Felix hörte es wie im Halbtraum, und noch ein Ton drang zu ihm, ein helles Singen – das näher kam. Er fühlte, wie Mila seine Hand fest drückte, er fuhr auf. Die Stimme war ganz nah: »Annemarie,« dachte er. Da ging sie auch schon an ihnen vorüber, langsam. – Einen Fliederzweig hielt sie in der Hand und bewegte ihn sachte, als schlüge sie den Takt zu ihrem Lied. Die Schleppe des weißen Musselinkleides rauschte leise auf dem Kies. Es war, als wendete sie den Kopf einen Augenblick nach der Seite, wo die beiden im

Schatten saßen. Felix sah deutlich das schmale Gesicht – ruhig und fremd, die Lippen waren im Singen halb geöffnet. So ging sie vorüber. Der Gesang entfernte sich, wurde schwach, dann kam er wieder deutlicher über das Wasser, wie ein Wiegenlied klang es, ein Lied, das eine Mutter im Schein der Nachtlampe an einer weißen Wiege singt, wenn ihr die Augen halb zufallen. Jetzt war sie auf der andern Seite des Teiches. Die helle Gestalt ging den Brettersteg entlang, der in das Wasser hineingebaut war. Am Ende des Stegs blieb sie stehen, wiegte den Fliederzweig und sang. Felix war aufgesprungen.

»Annemarie!« rief er.

Aber die weiße Gestalt war fort. Ein Ton im Wasser. Wildenten flogen aus dem Schilf auf. Das Mondlicht auf dem Wasser drüben wurde einen Augenblick unruhig, fuhr kraus hin und her.

»Geh – ruf,« stöhnte Felix auf. Er stürzte an den Teich, warf seinen Rock ab, sprang in das Wasser. Er mußte hinüber. Mit seidigem Knistern schob sich die grüne Pflanzendecke vor ihm zurück. Das Wasser war lauwarm. Mitten im Teich lag eine Insel von Froschlöffel. Felix mußte hindurch. Die kleinen, aufrechten Blüten streuten ihm Blütenstaub in das Gesicht, der leicht nach Honig duftete. Nun war er mitten drin, da hielt etwas seinen Fuß. Er stieß kräftig mit den Armen. Da faßte es ihn an den Arm, und wie er los wollte, drängte es von allen Seiten heran, umschlang ihn mit weichen, kühlen Fingern. Atemlos kämpfte er gegen dieses Netz, das wich und wieder herandrängte, nachgebend und undurchdringlich. Er fuhr mit den Händen hinein, wie in einen Knäuel kalter, seidenglatter Glieder, er zerriß sie, hörte sie leise knirschen. Er vergaß alles in der Wut dieses Kampfes gegen das stumme, tückische Leben um ihn her. Und wenn er einen Augenblick stille hielt, um aufzuatmen, dann sah er um sich den Teich ruhig und mondbeglänzt. Nur die großen Blätter der Wasserrosen wiegten sich sachte. Eine letzte, verzweifelte Anstrengung und er war frei, um ihn klares Wasser. Wohlig atmete er auf, streckte sich, wiegte sich auf dem Wasser – –, da sah er den Steg, und er wußte es wieder, warum er hier war: »Sie wartet – sie ist in Not.« Eilig schwamm er zum anderen Ufer. Hier mußte es sein. Das Wasser war tief und klar. Ein blühender Fliederzweig schwamm darauf. Felix tauchte einmal und dann wieder – es war ihm, als hielt er ein Kleid – einen Arm – eine Hand. Er schwamm zum Ufer, die kleine, kalte Hand fest in der seinen.

Er hob Annemarie an das Land, beugte sich über sie, riß hastig die Kleider von ihrem Körper, kniete vor ihr und sah sie an. Die Brust, die Glieder waren blank von Wasser und durchsichtig weiß. Das Gesicht fremd und streng in seiner tiefen Ruhe; die Lippen halb geöffnet. Der bläuliche Schmelz der Zähne schimmerte zwischen ihnen hervor. Die Oberlippe war ein wenig hinaufgezogen, hochmütig und abwehrend. Es war, als hätte Annemarie sich müde ausgestreckt und sagte: »O nein – ich danke – nicht für mich.« –

Zu dieser Ausgabe

insel taschenbuch 2410: Eduard von Keyserling, Harmonie. Die Novelle wurde erstmals 1914 im S. Fischer Verlag veröffentlicht. Umschlagabbildung: Anders Zorn. Bildnis Clarence Barker (Ausschnitt), 1885